AF585761

INSTITUT DE FRANCE.

ACADÉMIE DES SCIENCES.

DISCOURS

DE

M. JANSSEN

PRÉSIDENT DE L'ACADÉMIE DES SCIENCES

Lu dans la séance publique annuelle du lundi 24 décembre 1888.

PARIS

TYPOGRAPHIE DE FIRMIN-DIDOT ET Cie

IMPRIMEURS DE L'INSTITUT DE FRANCE, RUE JACOB, 56

M DCCC LXXXIX

INSTITUT DE FRANCE.

ACADÉMIE DES SCIENCES.

DISCOURS

DE

M. JANSSEN

PRÉSIDENT DE L'ACADÉMIE DES SCIENCES

Lu dans la séance publique annuelle du lundi 24 décembre 1888.

Messieurs,

Avant de procéder à la proclamation de nos prix; avant de vous rendre compte des faits qui, pendant l'année écoulée, intéressent l'Académie et la Science, je dois vous rappeler le souvenir de ceux de nos confrères que nous avons eu la douleur de perdre depuis notre dernière séance annuelle.

C'est tout d'abord le général Perrier, qui succombait en février dernier à une affection du cœur, à l'âge de cinquante-quatre ans.

La France perdait en lui un serviteur loyal, énergique, passionné pour la grandeur de son pays.

La persévérance de sa volonté lui avait fait surmonter tous les obstacles. Au début, modeste adjoint du colonel Levret, il s'était élevé, en se formant pour ainsi dire lui-même, jusqu'au poste éminent de général directeur du grand service géographique de l'armée.

Notre confrère doit être considéré comme le restaurateur de la géodésie française, tant par l'impulsion toute nouvelle qu'il lui sut imprimer, que par les élèves qu'il a formés, élèves devenus ensuite ses collaborateurs, et qui aujourd'hui continuent dignement son œuvre.

Dans cette œuvre du général Perrier, rappelons cette belle mesure d'un arc de parallèle exécutée en Algérie, qui demanda quinze années de travail; et aussi, la revision de la méridienne de France, pour laquelle on a su utiliser tous les progrès réalisés à l'époque actuelle. Mais ce qui a fait connaître surtout le nom du général Perrier et l'a rendu même populaire, ce furent l'exécution et la réussite de cette opération grandiose réputée jusque-là presque irréalisable, à savoir, la réunion géodésique de l'Espagne avec l'Algérie par-dessus la Méditerranée.

Ce beau succès donnait à la géodésie un arc continu s'étendant du nord de l'Angleterre jusqu'au Sahara, c'est-à-dire dépassant en étendue les plus grands arcs mesurés jusqu'alors.

Le général avait été mis à la tête du service géographique de la Guerre, qui comprend la géodésie, la topographie, la cartographie. Il sut développer considérablement ce service qui, entre ses mains, rendit les plus grands services à l'armée et au pays.

Président toujours réélu du Conseil général du Gard,

le général Perrier s'occupa activement des intérêts de son département, sans oublier ceux de la science. C'est à lui, en effet, qu'on doit la création de l'observatoire météorologique du mont Ventoux.

Ses concitoyens, fiers de lui et reconnaissants des services qu'il leur avait rendus, ont formé le projet de lui élever une statue. Nous nous associons de cœur à un hommage si mérité.

Messieurs, notre Bureau a été bien éprouvé dans ces derniers temps. L'année dernière il perdait son président dans la personne de M. Gosselin et son secrétaire perpétuel dans celle de M. Vulpian. Cette année c'est notre vice-président, M. Hervé Mangon, qui nous est enlevé.

En appelant M. Mangon au Bureau, nous espérions que sa santé, déjà bien ébranlée, se remettrait et qu'il pourrait présider l'Académie pendant cette Exposition de 1889, qui l'intéressait si vivement. Il ne devait pas en être ainsi : M. Mangon s'éteignait, le 16 mai, épuisé, on peut le dire, par l'excès des travaux de tous genres qui avaient surchargé sa vie.

M. Mangon fut un grand ingénieur rural; il en restera comme le modèle et le type. C'est à lui que nous devons l'introduction du drainage en France. Son beau travail sur les prairies restera son titre le plus solide à la reconnaissance des savants et des agriculteurs. Dans cette étude, M. Mangon montre que les eaux d'irrigation, dans les pays du Nord, ont un rôle tout différent de celui qu'elles prennent dans les régions du Midi. Dans le Midi, les irrigations n'ont guère à fournir aux prairies que l'eau de végétation. Il en est tout autrement dans le Nord où elles doivent, en outre, jouer le rôle d'engrais. La diversité de ces deux rôles amène une différence énorme dans les quantités de liquide qui doivent intervenir dans les deux cas. Si, par exemple, dans le Midi un mètre cube d'eau peut suffire pour obtenir une bonne irrigation, il en faudra employer 50, 100 et quelquefois 200 dans les Vosges et le Jura. Une fois que la raison de cette nécessité de l'irrigation à grands volumes a été ainsi démontrée scientifiquement, on s'est efforcé de la réaliser au grand bénéfice de l'agriculture.

L'enseignement fut aussi grandement redevable à M. Mangon. Il avait transformé le cours d'hydraulique agricole inauguré à l'École des Ponts et Chaussées par M. Nadault de Buffon. Plus tard, il créa au Conservatoire des Arts et Métiers un enseignement complet des travaux agricoles, qui prit le nom de *génie rural*. Cet enseignement, par l'importance qu'il y attachait à juste titre, par les soins constants qu'il lui donna, par les services qu'il rendit, doit être considéré comme l'œuvre capitale de sa vie.

Enfin, la météorologie est aussi sa débitrice. La météorologie l'avait toujours attiré; mais, vers la fin de sa vie, il s'y était adonné avec l'ardeur qu'il mettait à tout ce qu'il croyait hautement utile.

Dans cet ordre d'idées, il faut citer surtout la part prépondérante qu'il prit à la création du Bureau météorologique central. Ce grand service, placé sous la direction de notre confrère M. Mascart, rend actuellement les plus importants services à la science et au pays.

M. Mangon avait été depuis sa jeunesse ardemment dévoué aux applications de la science à l'agriculture. Il a cherché à introduire en France toutes les pratiques agricoles utiles; il a élucidé des points importants de la science agronomique; il a rassemblé les éléments d'un grand enseignement de cette science, et par ses travaux, ses leçons, ses écrits, il l'a fondé. L'émancipation de la météorologie française, demandée et poursuivie d'abord par Ch. Sainte-Claire Deville, est son ouvrage.

Il est bien peu d'hommes qui aient donné plus d'eux-mêmes à leur pays, qui se soient fait de leurs devoirs une idée plus élevée et plus sévère, qui dans l'accomplissement de fonctions officielles ou publiques aient apporté plus de conscience, de haute probité morale et un amour plus grand du bien public.

Après le général Perrier qui mourait à cinquante-quatre ans, nous perdions M. Debray, qui n'en avait que soixante et un et suivait de bien près dans la tombe l'ami qui avait joué le plus grand rôle dans son affection et sa vie, Henri Sainte-Claire Deville.

Les noms de ces deux chimistes resteront associés dans la science, comme eux-mêmes l'ont été presque constamment dans leurs études.

Parmi les travaux qui feront vivre le nom de M. Debray, il faut citer surtout ceux qui se rapportent à l'étude des métaux de la mine du platine et à la dissociation.

La dissociation, découverte dans ses grands traits par Henri Deville, fournit à M. Debray l'occasion d'un très beau travail.

Les composés chimiques qui sont formés d'éléments dont les volatilités sont très différentes peuvent être décomposés ou dissociés par une application convenable de chaleur.

Ceci est le fait connu, pour ainsi parler, de toute antiquité.

Mais ce phénomène si important en chimie est soumis à des lois qui règlent sa manifestation.

Henri Sainte-Claire Deville avait découvert les conditions fondamentales qui permettent ou limitent le phénomène. M. Debray s'attacha à obtenir les mesures. En reprenant les expériences de son grand ami, il sut choisir avec beaucoup de discernement les composés qui se prêtaient à des mesures précises.

En prenant, par exemple, un sel à acide très volatil comme le carbonate de chaux, il montre que ce sel, soumis en vase clos à l'action de la chaleur, commence à se décomposer vers le rouge, mais que cette décomposition, loin de continuer alors jusqu'à la séparation complète des deux constituants, s'arrête pour une température donnée dès que l'acide carbonique dégagé acquiert une certaine tension ; que si la température augmente, la décomposition recommence, pour s'arrêter encore dès que la tension a acquis une valeur suffisante et qu'aussi à chaque température correspond une tension que règle la quantité de sel décomposé.

Cette tension, qui joue un si grand rôle dans le phénomène, a été nommée avec raison *tension de dissociation*.

On peut remarquer l'analogie de ce phénomène avec celui que présente une dissolution saline surmontée d'un espace limité et soumise à des températures variables.

Cette analogie est encore complète avec les lois qui président à la vaporisation partielle d'un liquide soumis en vase clos à une chaleur croissante.

Ces expériences ont donc le grand mérite de ramener les lois de la décomposition chimique aux lois physiques de la vaporisation.

Le nom de Debray leur restera attaché.

Messieurs, je dois encore signaler la perte que l'Académie a faite dans la personne de M. Rudolf Clausius, notre correspondant dans la section de Mécanique, décédé à Bonn le 24 août.

Le nom de Clausius est trop connu et trop célèbre pour qu'il soit nécessaire de rien ajouter à l'expression du sentiment de la perte si considérable que l'Académie et le monde savant font en cette occasion.

Je signalerai encore la mort si regrettable de M. Asa Gray, correspondant dans la section de Botanique, et celle du savant physicien suédois M. Edlund, qui était désigné pour appartenir incessamment à l'Académie.

Enfin l'astronomie et la science ont fait en la personne de M. Houzeau une perte que nous avons tous vivement ressentie.

Après avoir payé ce trop léger tribut à la mémoire de ceux que nous avons perdus, il me reste une tâche plus douce à remplir : c'est celle d'offrir nos félicitations à notre confrère M. l'amiral Jurien de la Gravière, élu membre de l'Académie française le 26 janvier dernier.

Notre confrère, par les grands commandements qu'il a exercés et les souvenirs qu'ils ont laissés dans la flotte, par l'importance de ses ouvrages, dont le cadre embrasse maintenant les temps anciens et modernes, et qui joignent au mérite du fond et d'une science militaire consommée celui d'un style élégant et facile, méritait pleinement cet honneur qui ne nous surprend pas et que nous avions prévu depuis longtemps.

Messieurs, parmi les couronnes que nous allons donner, il en est une des plus belles et des plus difficiles à obtenir qui sera posée sur un front féminin.

Mme de Kowalewski a remporté cette année un des prix des sciences mathématiques. Nos confrères de la section de Géométrie, après examen du mémoire présenté au concours, ont reconnu dans ce travail, non seulement la preuve d'un savoir étendu et profond, mais encore la marque d'un grand esprit d'invention.

Mme de Kowalewski est professeur à l'Université de Stockholm, où elle forme de savants élèves. Elle descend du roi de Hongrie Mathias Çorvin, qui non seulement fut un grand guerrier, comme chacun sait, mais qui fut encore un protecteur éclairé des sciences, des lettres et des arts.

Ce sont évidemment ces dernières qualités dont Mme de Kowalewski a tenu à hériter de son illustre ancêtre, et nous l'en félicitons.

J'aurais encore beaucoup d'excellents travaux à signaler. L'abondance de la matière et les bornes imposées à cette allocution me forcent, à mon grand regret, à me contenter de la proclamation des prix que vous allez entendre. Mais je tiens à dire à nos candidats combien l'Académie est satisfaite de l'importance sans cesse croissante des travaux qui lui sont soumis. Grâce à eux, la science avance d'un pas assuré et rapide qui nous laisse plein de confiance pour l'avenir.

Messieurs, l'année qui vient de s'écouler a vu un événement dont l'importance scientifique et humanitaire est trop considérable pour être passée sous silence.

Il y a quelques semaines, l'Institut Pasteur était inauguré.

Cette inauguration fit une grande et légitime sensation.

Tout le monde avait compris que le succès définitif de la méthode découverte par M. Pasteur pour préserver de la rage était un succès éclatant pour la science française; aussi l'assistance était-elle considérable. Elle comprenait ce que Paris compte de plus distingué dans les pouvoirs publics, l'administration, les lettres, les sciences, les arts, les professions libérales. M. le Président de la République et plusieurs de ses ministres, en y assistant, semblaient en quelque sorte apporter l'hommage de la France entière. L'inauguration de l'institut marque le commencement d'une ère nouvelle pour les doctrines découlant des travaux et des découvertes de M. Pasteur.

Après avoir traversé leur période militante, après avoir eu à résister à toutes les attaques, il semble que ces doctrines entrent maintenant dans une période d'apaisement et de calme féconds. Les convictions presque universellement faites aujourd'hui, on va se livrer aux applications. De tous côtés, en effet, se lèvent des adeptes pour s'emparer des découvertes de l'initiateur et en poursuivre les conséquences.

Ce sont des horizons qui s'ouvrent devant nous et dont il nous est impossible de mesurer l'étendue; car l'application à la rage, quelque bienfaisante et admirable qu'elle soit, ne constitue qu'un chapitre bien limité du livre qui se prépare et dont on devra surtout à M. Pasteur, et ce sera sa gloire, de belles pages et la magistrale introduction.

On peut pressentir dès maintenant l'importance des applications de ces découvertes à la médecine; mais je suis particulièrement frappé des horizons qu'elles ouvrent en physiologie. Il semble que leur plus grand service est d'avoir révélé l'importance de ce monde merveilleux de petits êtres qui jouent un rôle si considérable dans la nature. Je me persuade que l'étude qui embrasserait celle de la vie, depuis le monde microscopique jusqu'à celui des animaux supérieurs, pour en faire comme une chaîne continue, conduirait à une philosophie nouvelle formulant des lois d'une généralité, d'une simplicité, d'une beauté incomparables.

Rapprochement remarquable : il y a trente ans à peine, un physicien analysait les métaux de l'atmosphère solaire, et cette grande découverte devenait le point de départ d'une révolution dans l'astronomie. La chimie prenait possession des cieux. Aujourd'hui, un chimiste nous ouvre le monde des êtres microscopiques. Aux conquêtes dans le monde de l'infiniment grand succède la conquête du monde des infiniment petits. Après l'analyse de la nébuleuse dont les soleils sont la poussière, la révélation de mondes, aussi vastes peut-être, car y a-t-il une grandeur absolue? et qui tiennent sur la pointe d'une aiguille.

C'est ainsi que la science marche sans cesse, tantôt dans une direction, tantôt dans une autre tout opposée; tantôt d'une manière lente et régulière, tantôt par bonds soudains et imprévus, et qu'il est impossible de dire quelles seront les découvertes de l'avenir et de poser des bornes aux conquêtes de l'esprit humain.

Messieurs, dans ces grandes découvertes auxquelles assiste notre siècle, l'Académie a une belle part; mais, si vous revendiquez les travaux glorieux que vos noms rappellent, c'est pour en reporter tout l'honneur à notre pays.

Ce cher pays ne semble-t-il pas avoir conscience des efforts que nous faisons pour sa prospérité et pour sa gloire? Je n'en veux pour preuve, pour le moment, que ces donations dont on vous fait les dispensateurs, et qui augmentent en importance chaque année d'une manière si étonnante.

L'année prochaine, en effet, n'avez-vous pas à décerner un prix de cinquante mille francs de la fondation Leconte? N'avez-vous pas encore cinq prix de dix mille francs chacun pour des travaux se rapportant à la physique, à la chimie, à l'histoire naturelle? Jamais Académie a-t-elle été dotée d'une manière aussi magnifique? D'un autre côté, jamais les sciences ont-elles offert un champ aussi vaste et aussi riche aux efforts des travailleurs et des savants? Les sciences mathématiques font en ce moment les plus rapides progrès, l'astronomie est renouvelée par l'application de l'analyse spectrale et de la photographie, l'électricité va recevoir les plus grandioses applications. La médecine, l'histoire naturelle seront bientôt transformées à leur tour par les récentes découvertes de la microbiologie. Nous pouvons donc, avec pleine confiance, faire appel à ceux qui, après nous, se présentent pour entrer dans la carrière. La moisson sera grande et, comme il arrive toujours dans le champ de la science, les vérités qu'ils trouveront seront d'un ordre plus général et plus beau encore que celles que nous avons été cependant si heureux de découvrir.

Il faut nous réjouir, Messieurs, de ce grand mouvement. Il témoigne de la place sans cesse grandissante que la science occupe dans l'opinion publique à notre époque.

Oui, Messieurs, le rôle de la science grandit sans cesse dans la société moderne. Au pas dont vont les choses, on peut prévoir qu'avant un demi-siècle, il n'y aura peut-être pas un acte de la vie sociale qui ne relèvera directement ou indirectement d'une découverte ou d'une application scientifiques. La science sera le grand facteur de la puissance des nations : puissance agricole, puissance industrielle, puissance commerciale et j'ajoute puissance militaire, puisque déjà, aujourd'hui, une nation qui se désintéresserait de la science dans l'organisation et l'armement de ses armées serait vaincue d'avance et avant même d'avoir brûlé une cartouche.

Voilà pourquoi, Messieurs, les progrès de la science préoccupent à si juste titre tant d'éminents esprits et de généreux citoyens et pourquoi aussi notre Académie occupe une si grande place dans leur sollicitude.

Mais, il faut bien le reconnaître, Messieurs, si l'Académie jouit d'une popularité si légitime, elle le doit non seulement à l'importance, sans cesse croissante, des études qu'elle représente, mais encore à la libéralité qui préside à ses rapports avec le public.

Tandis que les autres Académies maintenaient leurs portes fermées, l'Académie des Sciences ouvrait largement les siennes. Elle faisait à la presse une grande place dans son sein. Elle accueillait avec une grande libéralité les travaux qui lui étaient soumis; et soit par la voie de ses comptes rendus, soit par celle de la presse, elle leur donnait la publicité la plus immédiate et la plus étendue. Vos comptes rendus, Messieurs, on se plaît à le reconnaître, même à l'étranger, peuvent être considérés comme une publication modèle et l'un des facteurs les plus importants de votre influence et des services que vous rendez à la science.

Il est vrai, Messieurs, que cette large publicité de nos séances et de notre vie académique a été payée de réels sacrifices. L'intimité qui faisait le charme des anciennes séances de l'Académie des Sciences a disparu. Ces discussions amicales qui avaient uniquement pour objet de s'instruire, d'échanger des idées sans aucune préoccupation de briller et d'avoir raison sont devenues bien difficiles en présence d'une presse qui saisit, commente et répand au loin nos moindres paroles. Nous avons donc pour nous-mêmes perdu au nouvel état de choses; mais si l'influence de l'Académie et son utilité générale y ont gagné, vous êtes plus que dédommagés. Car, Messieurs, ainsi que je le disais à Tours, en face du monument élevé au général

Meusnier, l'Académie a deux passions : celle de la France, celle de la Vérité.

Ah! Messieurs, au milieu des tristesses et des douleurs de l'heure présente, quand nous voyons cette France que nous voudrions si forte et si unie, saisie comme par un esprit de vertige, se diviser, se déchirer elle-même et compromettre, s'il était possible, son rôle dans le monde, n'est-il pas consolant de penser qu'à côté de cette France, qui nous donne tant d'inquiétudes et tant d'angoisses, il y en a une autre, celle qui est représentée par tous ces ouvriers obscurs ou illustres qui font sa force et sa gloire.

Oui, il y a heureusement la France des lettres, des sciences, des arts, de l'agriculture, de l'industrie, qui prodigue et donne sans compter son labeur, son talent, son génie.

Réjouissons-nous, Messieurs, d'appartenir à cette seconde France. C'est elle qui nous donne notre meilleure part d'influence dans le monde; c'est elle qui nous a valu notre gloire la plus durable; c'est par elle encore que nous pourrons accomplir cette mission de civilisation, de justice, de droit sur laquelle le monde compte toujours et qu'il ne sera donné à personne de nous enlever.

Paris. — Typographie de Firmin-Didot et Cie, impr. de l'Institut, rue Jacob, 56. — 24019.

www.ingramcontent.com/pod-product-compliance
Lightning Source LLC
LaVergne TN
LVHW052029170826
845678LV00018B/1442

9782329622507